KB176469

내 방에 찾아온 해님은 네오

유종선 동시조집

푸른사상 동시선 32

내 방에 찾아온 해님은 네모

인쇄 · 2017년 5월 1일 | 발행 · 2017년 5월 10일

지은이 · 유종선
펴낸이 · 한봉숙
펴낸곳 · 푸른사상사

주간 · 맹문재 | 편집 · 지순이, 홍은표 | 교정 · 김수란
표지 및 본문 그림 · 장지현
등록 · 1999년 7월 8일 제2-2876호
주소 · 경기도 파주시 회동길 337-16
대표전화 · 031) 955-9111(2) | 팩시밀리 · 031) 955-9114
이메일 · prun21c@hanmail.net / prunsasang@naver.com
홈페이지 · http://www.prun21c.com

ⓒ 유종선, 2017

ISBN 979-11-308-1093-5   04810
ISBN 978-89-5640-859-0   04810 (세트)

값 11,000원

푸른사상
동시선

32

내 방에 찾아온 해님은 네모

유종선 동시조집

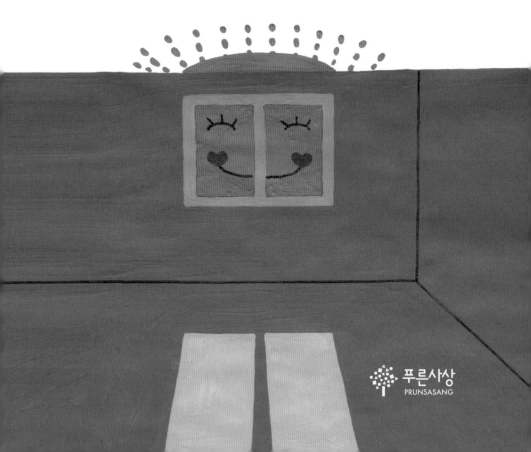

푸른사상
PRUNSASANG

약 천 년 전부터 우리 민족은 시조를 지었어요. 그래서 시조에는 우리
가락과 우리 정서가 잘 녹아 있답니다.

시조는 초장·중장·종장의 3장 6구 12음보의 형식을 갖추고 있어요.

조선 전기의 문신 성삼문이 쓴 시조를 감상하면서 시조의 형식을 알아볼
까요?

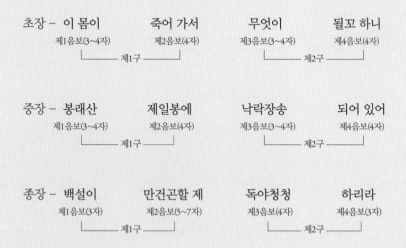

초장 - 이 몸이   죽어 가서   무엇이   될꼬 하니
      제1음보(3~4자)   제2음보(4자)   제3음보(3~4자)   제4음보(4자)
      └─── 제1구 ───┘   └─── 제2구 ───┘

중장 - 봉래산   제일봉에   낙락장송   되어 있어
      제1음보(3~4자)   제2음보(4자)   제3음보(3~4자)   제4음보(4자)
      └─── 제1구 ───┘   └─── 제2구 ───┘

종장 - 백설이   만건곤할 제   독야청청   하리라
      제1음보(3자)   제2음보(5~7자)   제3음보(4자)   제4음보(3자)
      └─── 제1구 ───┘   └─── 제2구 ───┘

이 형식은 하나의 기준형이라 할 수 있어요. 이 기본 운율에 한두 자 줄
이거나 늘릴 수 있어요. 그러나 종장 제1음보는 반드시 3자여야 하고, 제
2음보는 5자 이상이어야 해요.

이런 형식의 시조를 평시조라 하고요. 그 외에 엇시조, 사설시조 등이 있
어요.

'절장시조'란 말을 들어 보았나요? 절장시조는 평시조에서 초장과 중
장을 생략한 종장만으로 지은 시조예요. 이 책은 절장시조 형식에 어린
이의 정서를 담은 동시조집입니다.

절장동시조는 긴 생각을 짧은 형식에 맞게 줄이고 줄여서 풍부한 상상
력과 시의 아름다움을 표현하는 재미가 있지요.

이 시집에 나오는 병솔꽃, 개꼬리풀, 마삭줄꽃, 이십팔점무당벌레, 폭
탄먼지벌레 등 신기한 이름의 꽃과 벌레를 소재로 한 작품은 관찰을 거
듭하면서 가장 멋진 표현을 해 내려고 애를 썼어요. 또 가족과 친구들의
이야기를 담은 작품도 마찬가지이고요. 이런 작업이 아주 즐거웠어요.
이 책에 실린 작품 한 편을 감상해 볼까요.

뒤우뚱   날지도 않고   발목으로   걷는다

제1음보(3자)   제2음보(5자)   제3음보(4자)   제4음보(3자)

어떤 장면이 떠오르나요? 날개가 있어도 날지도 않고, 발을 잃어버린 채 뭉뚝한 발목으로 뒤우뚱뒤우뚱 걷는 새의 모습이 상상되지요? 바로 '도시 비둘기'의 모습을 그린 작품이에요. 여기에 느낌을 살려 자유롭게 행 배열을 했답니다.

어때요? 절장동시조 쓰기 재미있겠지요?

여러분의 관심거리나 주변의 이야기를 중심으로 절장동시조를 써 보기 바라요.

2017년 5월

제1부 어린이와 친구들

차례

제2부 꽃과 친구들

| 차례 |

난 이제 씨앗이야

제1부

어린이와 친구들

운동화가 발에게

고마워

발 네 덕분에

하루 종일

따뜻했어

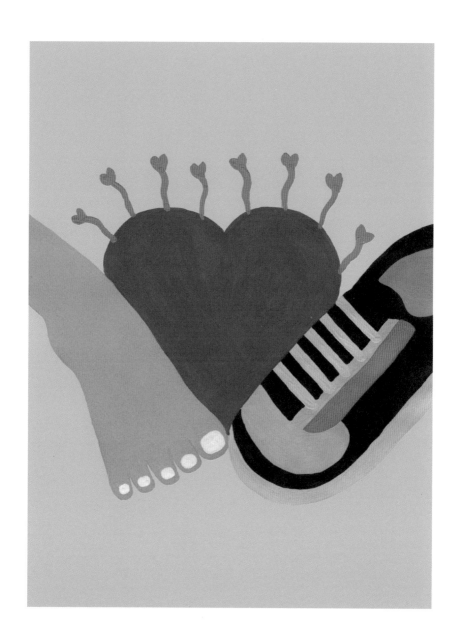

고양이의 세수

봄바람

간지럼 태우는 날

나들이 가려나

눈 위에 새 발자국

종종종

먹이 찾아 나선

시린 새 발자국

17

내 방에 찾아온 해님은 네모

건넛집

창에 들렀다 온 해님

따뜻한 발자국

꽃봉오리

웃음이

삐져나오네

우리 누나 얼굴처럼

포도 먹기

햇살이

입 안으로 톡톡

알알이 톡톡톡

시계 보는 법을 배운 날

지금은

몇 시 몇 분일까?

자꾸자꾸 궁금해.

혼자 밥 먹기

쩝쩝쩝

소리 나게 씹고

티브이는 큰 소리로

서서 쉬는 삽

온종일

일하고 또 서 있니?

쉴 때라도 누우렴.

겨울바람

따가운

가시바람 속에

알싸한

박하 향

29

여우비 – 구름의 선물

여우님

신방 창가에

반짝이는 보석 발

봄맞이

바쁘다

땅도

나무도

꽃도

시냇물도 엄마도

빵

부풀어

부풀어 오른 빵

오븐에서

내 입으로

입학식 날

엄마가

세상에서 제일 예뻐

선생님은 최고 예뻐

배탈

천장만

물끄러미 바라보네

그만 먹고

남길걸

눈 오는 날

내리는

눈을 쳐다보다가

하늘로 떠올랐다

달아, 너도 춥니?

추워서

꼼짝할 수 없니?

나처럼 혼자구나!

화장실에서 만난 중력

반가워

응가 하다가

만난 중력

고마워

선글라스 쓴 날

엄마도

아빠도 나도 누나도

모두모두 너구리

지구본을 보면서

여기엔

누가 살까요?

나와 같은 아이들!

봄 날씨

겨울과

여름이 밀고 당기고

춥다가 덥다가

씨앗

나비와

벌이 더 이상 안 와

난 이제 씨앗이야

도시 비둘기

뒤우뚱

날지도 않고

발목으로 걷는다

일기

쓰기는

아이 귀찮아

읽을 땐 재미있어

냄새

엄마는

엄마의 냄새

민지한테 꽃 냄새

불법 광고

한사코

덕지덕지 붙이고

기어코 떼어 내고

고마워 나무야

제2부

꽃과 친구들

병솔꽃

주세요

물병 우윳병 주스 병

씻어서 줄게요

호랑나비

이히히

내 가짜 눈 보고

화들짝 도망가요

이팝나무꽃

희디흰

쌀밥 열렸네

쳐다보면 배부른

분꽃

귀걸이

꽃핀 사세요

다디단 꿀 있어요

무궁화

햇볕이

앗앗 뜨거워

앗 앗 앗

피어나는 무궁 꽃

개나리

사랑해

참나리가 아닌

내 이름

개나리

나팔꽃

일어나!

아침이야, 아침.

해님이 벌써 왔어!

귤꽃

단번에

알 수 있어요

새콤달콤 노란 귤

등꽃

환하게

불을 밝히네

얽히고설킨 끝에서

밤꽃

밤꽃은

언제나 밤꽃

낮에도 밤에도

개꼬리풀

꽃을 단

꼬리에 대고

멍멍멍멍

살랑살랑

꿀꽃

달콤한

꿀 맛보세요

꿀단지에 가득해요

낮달맞이꽃

낮달님

기다렸어요

아침부터 온종일

산수국

속았니?

속상해하지 마!

진짜 꽃이 있잖아.

노간주나무

어르신

가지에만 돋아요

알알이

진주알

자벌레

뛰지도

날지도 않아

천천히

한 뼘 한 뼘

층층잔대

초롱이

층층마다 대롱대롱

밝은 불을 밝히네

능소화

누나는

웃는 얼굴 그대로

하늘나라 가 버린 꽃

질경이

일부러

밟진 마세요

질경이도

꽤

아파요

엔젤트럼펫

빵빠방

빵빠라리 빵

여름이 쏟아져요

풍차꽃

쌩쌩쌩

바람 불어라

쿵쿵 방아 찧어라

무릇

팡팡팡

불꽃이 터진다

그리움이

복받친다

거미줄바위솔

마침내

꽃이 되었네

거미줄 지나

바위 딛고

시계꽃

지나는

사람마다 묻지요.

지금은 몇 시야?

귀뚜라미

외로운

사람에게 귀뚤

정답게 귀뚤귀뚤

쥐똥나무

누구야?

누가 내 몸에

똥 쌌어?

생쥐, 너지!

폭탄먼지벌레

독가스

뿌아앙 쏠 테다

가까이 오지 마

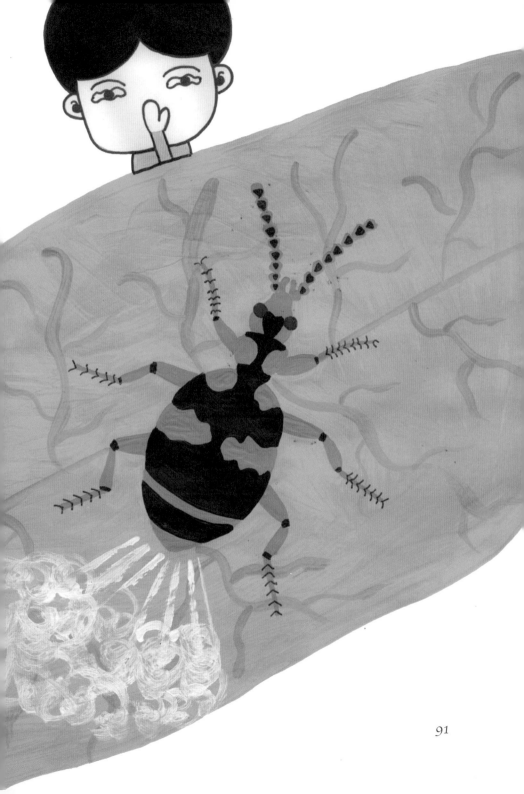

채송화

외숙모

양단 치마에

은실 색실

다문다문

풍뎅이

어머나

버드나무가

브로치를 달았네

마삭줄꽃

고마워

나무야 바위야

바람개비 선물할게

은방울꽃

어디서

방울 소리 나지?

찾았다!

은방울.

투구꽃

무서워!

투구 쓴 얼굴.

화난 얼굴, 좀 웃으렴.

이십팔점무당벌레

진딧물

먹기는 싫어

토마토 잎이 좋아

닭의장풀

가늘게

실눈 뜨고 봐!

등불들이 보이지?

뒤영벌

윙윙윙

뒤영벌 날갯짓에

노래하는 피아노

자귀풀

지금은

코하는 시간

아침에 만나자